깊이 생각 않기로 했어

책 만 드 는 집   시 인 선 186

깊이 생각 않기로 했어

김은희 시조집

책만드는집

이 가을 나의 텃밭 여러 열매들이 울긋불긋합니다.
뿌리고 심고 가꾸며 그들과 함께했던
조출한 영농일지입니다.

그 감정 낱말들을 가을볕에 펼쳐봅니다.
첫 시조집…, 부끄럽지만 기쁩니다.

끊임없이 사랑과 용기를 주신 두 분의 어머님, 가족들
그리고 주변 모든 분께 감사드립니다.

2021년 12월
김은희

| 차례 |

2부   들꽃들의 투표권

3부   떠나는 눈동자들이

4부 　나를 옮기다

1부

매화 뿡뿡 터지는 날

썸 타는 봄

귤나무도
새봄엔 사랑을 꿈꾼단다

가지와 가지 사이
썸 썸 타는 나의 봄날

준비 땅! 출발선 위에
신호등이
켜졌다

목련 앞에서

이 봄날 목련 앞에서 반전을 꿈꾸는 나

싹도 나기 전에 꽃부터 피운다는

성급한 나의 사랑이 내 앞길을 조를 때

훌쩍 큰 한 사내가 꽃 한 송이 들고 온 날

촛불로 화답했던 이십 년 전 그 봄날이

딱 하나 순수 빛깔로 내 앞에 와 서 있다

수국꽃이 왈칵!

차창 밖 하얀 수국꽃
울 엄마가 오셨구나
천 일 동안 나를 보고
환하게 비추던 얼굴
새벽 잠 깨우던 소리,
수국꽃이 피었다

"가지 말앙 글이 살게"*
"가지 말앙 혼디 살게"**
오십셋 아이 엄마
수국꽃 닮은 엄마
고봉밥 퍼 올리다가
왈칵 쏟고 말았다

* "가지 말고 같이 살자"의 제주어.
** "가지 말고 함께 살자"의 제주어.

매화 뽕뽕 터지는 날

나무의 숨소리에 이월이 바쁘구나
액막이 입춘 불공 부적 같은 꽃봉오리
매화꽃 뽕뽕 터지며 내 사랑을 피우네

사랑을 꽃으로 말하는 이월의 매화 가지
기쁨을 눈으로 말하는 우리 딸 혜영이 마음
국문과 합격 통지에 가지에도 축등이…

엄동 속에서도 꿈을 꾸고 있었구나
창밖에 오들오들 견디어온 매화 가지
오늘 너, 나를 향해서 웃음꽃을 피운다

고추들의 합창 1

벼락치기 시험에
잔소리해 대는 비바람
고추밭 비닐 씌우기
날림 공사 한 달 만에
어젯밤 이삼십 미터
비바람이 지났다

초록 잎새 사이로
하얗게 웃던 꽃들
반은 엎디고 쓰러져서
절반쯤 날린 꿈들
구석지 몇몇 녀석이
나를 보고 웃는다

고추들의 합창 2

한 뼘 두 뼘 꽃대들이
식전 행사 치르는 날
떨리고 긴장하여
다시 한번 구연해 보고
짝짝짝 참가 번호에
손뼉들을 맞춘다

무대 위 높낮이에
맞춰진 꽃봉오리
필까 말까 두근두근
오월 하루 이 아침
텃밭의 고추 모 위로
하얀 별이 올랐네

별꽃들도

삼월엔 숨 고르기 별꽃들도 참 바쁘다

과수원 맨바닥에 앉은 채로 피우는 마음

어젯밤 내려온 별이 그냥 눌러 피었다

하얀 치아 드러내서 한바탕 웃어놓고

한 뼘 정도 올라서서 제 할 일 다 했다고

겉치레 초록 포장으로 은근살짝 감싼다

풀밭 요리

닦으면 닦을수록
깔끔떠는
이랑
이랑

호밋자루 터울 주고
꼭꼭
톡톡
섞고 볶고

어머나, 해님 접시에
떡잎 하나
올랐네

매실

시댁 우영 밭에 부모처럼 늙은 나무
어머니랑 남편이랑 열 광주리 받아 들고
가만히 하늘 우러러
매실차를 올린다

장마철 하늘이라 늘 걱정스러운 얼굴
일대일 사랑으로 항아리 가득 우린
고부간 세세한 사연이
코끝에서 찡하다

채송화

조운의 「채송화」를
고향에서 다시 읽다

'불볕이 호도독호도독'*
내리쬐던 고향 올레

나처럼
키 작은 여인
'빨가장히'**
웃는다

*, ** 조운의 시조 「채송화」에서 인용.

눈치껏

살며시 땅을 기다
하늘 쪽을 넘보는 메꽃

초록 마디마디
꽃송이를
내밀다 말고

영그는 귤 가지 위로
사다리를
올린다

목련 지는 날

백색의 엽서 한 통

하늘 위로 보낸다

삼월의 햇살 속으로

걸어가신 할머니

초가집 하얀 목련꽃

버선발이 그리워

참깨꽃

보랏빛 방울꽃들 반사되어 펼쳐진 세상
칠팔월 하늘 위에 전시회가 열렸구나
해안가 하늘 갤러리 참깨꽃이 하얗다

한 달 내 폭염 속에 호밋자루 하나 들고
호미질 홀로 하며 살아가신 우리 어머니
지난날 칠십 평생이 이 하루만 같구나

그래도 우리 딸 우리 옆이 참 좋다
한 달이 지나도록 빗방울이 오지 않는
어머니 땀의 향기가 이 더위를 식힌다

귤꽃 따기

지 목숨 다혬시난
몬딱 몬딱 피여시냐*

갈 때가 아니라고
보약 한 첩 지어주며

하얀 별 새각시 부케
두 손에다 안긴다

* "제 몫을 다하다 보니/ 곱게 곱게 피었구나"의 제주어.

26

마늘종을 뽑으며

이 땅의 푸르름이
엄마 품을 닮았을까

데치고 삶고 볶고
내 하루도 그러려니

어머니 하얀 세월도
마늘종을
닮았다

꼬마 열매

주인 게으른 탓에
추숫감이 배고픈 가을

여름내 솎지 못해
미안하구나, 꼬마 열매야

등외품 추수면 어때,
우린 황금빛인걸!

2부

들꽃들의 투표권

오월의 영농일지

– 해거리 나의 귤밭

꽃 필 가지에도 기다리던 꽃이 없네
이 년 치 다 쏟아내고 아무 일 없는 것처럼
멋쩍은 새순만 키워
"내년 봐요~"
그런다

이십 년 함께 살아도 해거리를 못 막다니
텃새들 비웃음을 어깨너머 들으며
하늘 탓 세상 탓 하는
영농일지
또
쓴다

물음표가 반갑다

사흘째 미세먼지가 내 일상을 덮는다
새벽까지 깔고 앉은 능선의 저 안개
해안동 귤나무들의 숨소리가 거칠다

밭떼기 성사에도 웃음 한 번 주지 못한
누렇게 떠버린 손 마지막 내미는
온 세상 다 덮은 안개 내 귤밭에 내린다

두 달째 수확 넘긴 우리 밭 귤나무들아
하루하루 복식호흡 생명줄을 잇는 오늘
"지금도 택배 되나요?" 물음표가 반갑다

비요일 아침

수요일 아침이면 빗방울도 분주하네
우리 집 추녀 밑에 똑똑 치는 빗방울 소리
저마다 "저요 저요" 하며
댓돌 위로 튕기네

초등학교 가는 길에 꽃들도 우산을 쓴다
양지꽃은 노란 우산 제비꽃은 파란 우산
그 앞에 우리 엄마가
빨간 우산 쓰셨네

하늘이 창가에 와 그림책 읽어주네
우는 아이 웃는 아이 꾸벅꾸벅 조는 아이
담 너머 감자꽃 한 송이
하얀 우산 들었네

들꽃들의 투표권

오월 오일 어린이날
돌 틈으로 스며든 햇살

깰까 말까 망설이다
하늘 이불 걷어차고

발그레 철쭉 꽃송이
내 아이가 웃는다

민심이 천심이란다,
사전 투표 가는 길에

여기저기 꽃들조차
우릴 닮은 꽃들조차

저마다 이 하늘 아래
투표권을 달란다

봄은

물 위로 잡은 자리
새순 돋아 나온 자리

미나리 한 뼘 정도
발그레 올라왔다

삼월에 학교 들어간
막내아들 고사리손 같다

아이들 웃음소리
골목마다 커져간다

가지가지 보송보송
솜방망이 하나씩 들고

내 마음 포근한 자리에
목련나무 서 있다

가을꽃 소라빵 넷

시월 구일 부엌에서 오븐 소리 빵 굽는 소리

육학년 막내 녀석 형 생일날 깜짝 선물

알맞게 잘 구운 빵을 식탁 위에 얹는다

버터에, 밀가루에 계란 섞어 반죽한 동심

잠깐 발효 끝에 올려놓은 고사리손 자국

소라빵 네 개가 와서 들국화를 건넨다

가을 영상

정반에 맨뜰락헌 돈감 흐나 깎아보카
멩질날 애경둔 사과 흐나 아사냉보카
솔째기 냉장고 문 여난 솔팬덜투 웃엄저

문백이띠 스누룽헌 브름두 불어왐저
나 소급이 나 몰루루 짚어지는 구월 하늘
스무날 흔짝 된 돌이 낭가쟁이에 걸려정 있저

쟁반에 매끈매끈한 단감 한 알 깎아볼까
명절날 아껴 놔둔 사과 한 알 꺼내볼까
가만히 냉장고 문 열자 송편들이 웃는다

문밖에 시원스레 바람이 불어온다
내 속에서 나도 몰래 깊어가는 구월 하늘
스무날 반쪽 된 달이 나뭇가지에 걸려 있다

노랗게 털머위꽃이

납읍리 중앙슈퍼 오십 년 지킨 자리
팔순 넘긴 어머니 그 자리 앉아 계셔
겨우내 택배 보내며 다릴 펴지 못하서

택배 용지 가득 담아 찾아온 손님들
캔 커피 건네며 감사 인사 전하시곤
주름진 미소 지으며 귤 상자를 세신다

아픈 다리 감싸 안고 두 손으로 주무르며
치매앓이 안 하려고 이 장사 하신다던
십일월 노란 털머위, 어머니가 웃으셔

보리밭 가족

봄날엔 날씨 예보가
내 일상의 제일 순위

겨우내 등 비비던
납읍리 저 보리밭

키 높이 보리 포기들
들쑥날쑥 다투고

흔들리고 흔들리고
다시 또 흔들려라

한 줌 든 요소비료
타이르듯 뿌리는 마음

어머님, 자식 사랑을
대신 내가 베푼다

어머니의 새참

커피와 모과차를 한 잔씩 하고 나서
면장갑 비닐장갑 차곡차곡 끼는 아침
귤 따는 아줌마들의 손등처럼 고운 날

푹 삶은 팥과 호박 어머님도 바쁘셨다
찹쌀 보릿가루 새벽부터 준비하신
칠순의 음식 솜씨가 귤밭에서 익었다

전정하고 비료 주고 풀 베고 쓰다듬고
별 같은 귤꽃을 따며 일궈오던 한 해 농사
받아 든 어머니 새참, 이 가을이 큽니다

천자문 시조 바다 海(해)
- 중완이의 바다

맛있게 볶아내는 바닷바람 타고 와서
아침상 아이 밥에 송송 썰어 얹어주고
삼월 초 아이 가방에 푸른 내음 담는 바다

설렘 반씩 기쁨 반씩 친구끼리 나누고서
새 친구 이름표에 제 이름 써놓는
삼학년 중완이 가방에 출렁이는 저 바다

철썩 솨~ 철썩 솨~ 철썩 솨~ 철썩 솨
이야기보따리에 저문 줄도 모르고서
활짝 핀 중완이 가슴, 내 가슴에 울렁여

도서관 벚꽃

「반쪽이」 한 구절씩 읽어주는 사월 아침
막내와 손잡고 도서관 나선 길 위로
벚꽃들 내려와 앉아
얼쑤얼쑤 노닐고

벚꽃 진 자리 자리 발그레 내민 여기
엄지 꼭꼭 들어주며 미소를 띠는 막내
"엄마야, 이런 아들 좋지!"
행복이 걸어온다

깊이 생각 않기로 했어

친정 길 돌담 벽에 형제처럼 기대서서
가을장마 한창에도 비옷 없이 비를 맞는
초가을 참깻단들이 그냥 젖고 있었어

엎친 데 덮쳐 오는 14호 '찬투' 태풍
시간당 삼십 밀리 물 폭탄도 아랑곳없이
팔십 대 경운기 한 대도 함께 젖고 있었어

젖을 만큼 젖었는데 우산 써선 무엇 하리
견딜 만큼 견뎠는데 두말해선 무엇 하리
푹 젖은 깻단을 보며, 깊이 생각 않기로 했어

동국이 엄마

안개비 내리는 날 시 한 편이 내린다
'길'이라는 제목을 달고 나와 함께 길을 가는
빗속의 젖은 길들이 나랑 같이 걷는다

안개비 속에서도 꽃들은 피어났다
시 한 편 꽃 한 송이 나의 뒤로 따라오는
안개 속 젖은 목소리 눈길들이 고맙다

짧은 만남에도 인연의 올은 길다
핸드폰 메뉴판에 또박또박 찍혀 있는
웃음꽃 동국이 엄마 그 눈매가 선하다

우리 딸 제주어 노래
–「등대」

초등학교 오학년 때 시조를 배웠다며
「등대」라는 제주어 시 한 편이 흐르는 날
딸아이 이름 석 자가
반갑고 또 반갑다

"왁왁한 바당에서 배덜을 지켜주는
흔시흐냥 그니그냥 등댄 춤 버치키여
야칙인 등대두 쉬국 바당물두 줌들국"

"캄캄한 밤 바다에서 뱃길을 지켜주는
언제나 떡하니 등대는 참 힘들겠다
아침엔 등대도 쉬고 파도들도 잠들고"

제주어로 부르는 노랫소리가 들린다
시 한 편이 노래가 되어
나를 쓰다듬는 노래
말하듯 노래하듯이 청솔빛이 감돈다

감나무에 눈

창 열고 바라보니 마당 가득 눈이네요
그 마당 비켜서서 겨울 나는 우리 감나무
다 벗은 가지가지에 곱게 곱게 쌓였네요

비로소 눈을 맞고 길이 되는 가지가지
사방팔방 뻗은 가지 사방팔방 뻗는 저 길
하얀 길 하얀 언어가 내게 다가오네요

한여름 개미들이 오르내린 저 가지들
늦가을 잎 다 지우고 까치밥도 다 비우고
요즘은 솜사탕 같은 시가 와서 쌓였네요

눈이 내려 쌓였듯이 하늘 길로 오르는 생각
사방팔방 가지 중에 내가 디딜 상향의 가지
따뜻한 눈 한 송이가 내 안으로 드네요

3부

떠나는 눈동자들이

서 있는 것들 1
－목련

한 가지 자른 자리
새순 돋는 목련 가지

든 자리 난 자리
서로를 보듬으며

내 뜨락 한곳에 서서
나를 반겨 서 있다

긴 겨울 촛불 밝혀
민주주의 외치던 손

광장에 봄이 오고
내 뜨락에 봄이 와서

하얗게 목련 가지에
조각달도 와 있다

서 있는 것들 2
-봄동

삼월 중순 되고서야 한 뼘쯤 키워 올려
씹어서 아삭아삭 향을 품는 삼월 아침
내 안의 작은 텃밭에 시 한 송이 올린다

삼월의 빛깔이라면 노랑 말고 뭐 있을까
어제쯤 염색했을 노랑머리 아가씨들이
한 뼘씩 키를 올리고 나를 향해 웃는다

사월의 바탕화면

벌써부터 순위 결정 찾아 나선 꽃봉오리

곡우 지난 텃밭으로 곁눈질이 바쁘구나

일생의 바탕화면에 별꽃들이 깔린다

꽃 진 자리자리 갈변하는 마음밭

한 줄 글쓰기도 작심삼일이었구나

글쓰기 작심삼일에 깜부기만 솟는다

비파 열매

한겨울 솜털 속에
몽글몽글 꿈을 키우던

비파나무 가지 사이
쉬엄쉬엄 내미는 열매

웃음꽃 노란 얼굴이
내 아이를 닮았다

보라색 부채를 펴며

깨꽃 필 즈음이면 발바닥이 뜨거웠다
때맞춰 피어나는 콩과 식물 꽃송이들
보라색 부채를 펴며 공주처럼 다가와

내가 앉을 자리에 바랭이가 앉아 있다
바랭이 앉을 자리 개미 한 마리 기어간다
일년초 한해살이들 뙤약볕에 마르고

바랭이 방동사니 민초들을 닮은 이름
뽑아도 또 뽑아도 돌아서면 아픈 이름
노랗게 풀물 든 손으로 마음밭을 만진다

삼월 한라산

삼세번 인사해야 슬며시 내미는 산

비 그친 능선 위로 구름 살짝 띄워놓고

십오 층 우리 집 향해 젖은 손을 흔든다

산도 삼월은 혈색이 완연해라

비 그친 정수리에 반쯤 남은 잔설을 담고

빙삭이 웃음 만드는 저 산 저리 고운걸

첫 해를 보다

새벽녘 눈길에도 마음 길이 열려 있다
열두 달 돌고 돌아 다시 찾은 절물오름
나 여기 노트를 펴고
시의 꽃을
피운다

몇 년 만에 보게 됐나 "좋아라" 외쳐대는
칠순 부부 카메라 셔터를 연신 눌러댄다
첫날의 첫 일출을 향해
내 소원을 찍었다

생강 싹

봄이 훌쩍 지나가도
생강 싹은 소식 없다
호미질 한 뼘 간격
꼭꼭 심은 이랑 사이
한여름 다가와서야
초록 손을 보인다

삭이고 또 삭여야
시옷 하나 내미는걸
내일은 비가 온다
설레는 예보를 듣고
흙 묻은 영농일지에
시詩의 씨를 뿌렸다

밤바다

초가을 구월 바다로 메밀꽃을 피워 올렸다

이 나이 이때토록 망설이고 망설이다가

오늘은 내 바다에도 메밀꽃이 피었다

안개 주행

수채화 속 들풀들이 바삐바삐 지나간다

비상등 백미러에 빙그레 다가오시던

하늘이 우리 모녀를 안개 속에 품는다

과일 가게 앞에서

천원 지폐 석 장에도 한 바구니 과일 가득
트럭 한 대 밑천으로 세월 가득 웃음 가득
칠십 대 할아버지 손에 하루해가 저문다

얼렁뚱땅 막 쓰기

딱따구리 눈물은
아기 새의 성장통

새벽잠 설치듯
내 노트에 쓰인 시

막 쓰기 하룻밤 사이
꿈속에서 배운다

창밖의 비

장맛비 내리는 날
내 마음도 내린다

빗방울 점들이
솔잎 끝에 내려앉아

초여름 책장 속으로
한 줄 한 줄
스민다

싹

가지 사이 빼꼼빼꼼
내미는 사월 아침

겨우내 진실 보따리
다솜다솜 풀고 있네

등 뒤로 새 한 마리가
목덜미를 깨우네

산딸나무

층층이 가지마다 하얀 나비 되고 싶어
오뉴월 숲속에서 비를 맞는 산딸나무
나 또한 우의를 벗고 그 옆에 와 서 있다

"지금에 충실하라, 지금에 충실하라"
가지 끝 그 꽃처럼 깊어지는 내 의지
급발진 나의 일상을 이곳에서 멈춘다

떠나는 눈동자들이

귤 농사 팔 년에 처음으로 울었다

태풍이 지난 자리 찢긴 가지 사이

떠나는 눈동자들이 나보다 더 슬펐다

그래도 남은 것들은 어떻게든 사나 보다

주문 문자 꼭꼭 찍힌 상기된 오늘 아침

상자 속 노랗게 익은 한라봉이 웃는다

겨울 풀
– 달력 한 칸

콩대 꺾인 자리마다 겨울이 돋아난다

추울수록 짙어오는 인동의 저 겨울 풀

마지막 달력 한 칸에
초록
초록
솟는다

나붓나붓

잔칫날 눈이 와요
나붓나붓 눈이 와요

하늘나라 춤사위로
나붓나붓 내리네요

잠 설친 동백 송이가
면사포를 썼네요

4부

나를 옮기다

찰 영盈
- 감자꽃

밭이랑 사이사이
탁 터뜨린 계란프라이

아침상 초록 접시
가득가득 앉았네

감자꽃 한창인 날에
시詩도 가득
하여라

배울 학學
－나를 옮기다

"경허난 어떵마씸?"*
사투리 억양을 따라

내 역할 내 자리가
시월의 단풍 같네

인형극 무대에 올라
가을 여행 떠나네

* "그래서 어쨌단 말입니까?"의 제주어.

70

기울 측﹙昃﹚
– 꽃잎 한 장이

살짝 기운 이파리 사이
숨바꼭질하던 귤꽃

고추꽃 하얀 별이
소리 없이 지는 하오

사뿐히 꽃잎 한 장이
내 발등에
내려요

붉을 적赤
- 마주하며

인생이 나를 위해 준비해 놓은 것들
사계절 붉은빛에 여러 사연 담아놓는
제라늄 열정 꽃말이
나랑 많이
닮았다

집 우宇
– 하늘의 눈웃음

어머니 모시고서 광주 가는 아침
공항 길 보리밭에 이랑이랑 내려와서
누렇게 오월 하늘이 눈웃음을 보내네

극진할 극極
— 부케와 코사지

자격증 준비하다
만들고 온 아들 선물

익히면 익힐수록
고마움도 배가 되는

큰아들 부케와 코사지
하늘보다 값지다

무거울 중重

– 성판악에서

앞서거니 뒤서거니 힘든 나를 보살피는
두 아들 웃음소리의 그 마음을 헤아리듯
성판악 안개마저도 발걸음이 무겁다

울화통 뒤로한 채 사라오름 오른 새벽
버거운 일들이 안개처럼 밀려온다
오름의 정상에 서니 먼 바다가 보인다

새 조鳥
– 까마귀

잡초 반 곡물 반
분간 없는 기장밭에

까악까악 까마귀
할머니 근심 소리

김매는 이랑과 이랑
다친 손이
아리다

클 거ㅌ
– 엄마의 나들이

한평생 엄마 자리
이보다 더 크실까

팔순 넘긴 어머니
여행 가방 챙기시네

유월 말 수국꽃들이
버선발로
나섰네

넓을 홍洪
　－큰시누

칠팔 년 투병에도
얼굴색이 환하시던 시누

아픔도 웃음으로
하늘에게 답하시던

아파트 팔 층 창문에
달이 와서
웃어요

도라지꽃

톡톡 찍어 부쳐 온 보랏빛 송이에

해안동 끝 간 마을 우편번호 찍혀 있다

오각형 보석 상자에 자수정이 꽉 찼다

저처럼

장마가 지나고 나면
너도나도 민낯이네

조각보 엮어 만든
칠월 세 땀 상침질도

까치발 까르르 웃는
참깨꽃들 저처럼

억새꽃

검버섯 띄엄띄엄
물든 오름마다

두 달여 곡기 잊은
입맛이 살아나듯

시월 애愛 걷는 길마다
억새꽃이
다가와

개망초

광주에서 장흥까지 판소리로 이어진 길
아들 녀석 공연 따라 개망초 공연 따라
한 송이 노란 꽃송이
내게 방긋
웃는다

벚꽃

벚나무 가지 위에
초록 도장 찍는 사월

비 온 뒤 땅이 굳듯
내 마음 다져놓고

발자국 붕 뜬 자리에
꽃잎 한 장 내린다

오월 장미

나눔의 한 송이가
수줍은 듯 다가온 아침
오월은 늘 이렇게
우리 담장을 넘어와서
하얀색 스카프 한 장
꽃잎처럼 내민다

동백

제 이름 꽃을 달고 봄을 심는 아이들
사월이 들자마자 동백이 더 아프다
텃밭에 물오른 동백 봄 소리가 진하다

삼백초

아들 녀석 아토피에
긁어 오른 등줄기

돌담에 비켜서서
누구를 기다릴까

어음리 할머니 마당에
삼백초가 와 있네

엄마의 영농일지, 그 세세한 식물성 낱말들

고정국 시인

삼농주의 체험 속에서

밭농사 자식농사 글농사 등 제주에는 한꺼번에 이 세 가지 농사를 짓는 시인들이 많습니다. 이처럼 농사를 지으면서 글 쓰는 사람들은 세 가지 농사를 한꺼번에 겪을 수밖에 없습니다. 우리끼리 이야기하는 삼농주의三農主義 체험입니다.

사물의 일차적 묘사는 쓰는 이로 하여금 눈앞에 다가온 대상에 대한 정직성을 우선으로 합니다. 이론적 지식이 많다고 해서 그 지식과 묘사력이 비례한다고는 볼 수 없습니다. 책과 학교에서 배운 '지식의 세계'와 삶의 소소한 체험에서 발육된 '앎의 세계'의 차이점에서 이미 그 접근 방식이 다를 수밖에 없습니다.

꽃 필 가지에도 기다리던 꽃이 없네
이 년 치 다 쏟아내고 아무 일 없는 것처럼
멋쩍은 새순만 키워
"내년 봐요~"
그런다

이십 년 함께 살아도 해거리를 못 막다니
텃새들 비웃음을 어깨너머 들으며
하늘 탓 세상 탓 하는
영농일지
또
쓴다
　-「오월의 영농일지 - 해거리 나의 귤밭」 전문

　과수농사 특히 감귤농사 기술 중에서 해거리 극복은 보통 문제가 아닙니다. 결과습성이 왕성한 조생종 감귤은 그 나무의 능력 이상의 결과습성으로 인해 체내 양분을 한꺼번에 소진하고 나면 그 이듬해에 흉작이 될 수밖에 없답니다. 그 흉년에 해당되는 경우에는 귤나무에 의외로 꽃이 적습니다.

열매 맺었던 가지에 새순이 나고 그 순이 일 년 후에는 다시 꽃을 피웁니다. 따라서 당년에 열매가 많았던 나무는 이듬해 꽃과 열매가 적을 수밖에 없는 게 사실입니다. 그래서 "꽃 필 가지에도 기다리던 꽃이 없네"로 시작되는 이 「오월의 영농일지」는 싹의 언어, 잎의 언어, 가지의 언어 등은 물론 "하늘 탓 세상 탓 하는/ 영농일지/ 또/ 쓴다"라는, 우리 농민들의 습관적 '탓의 문법'으로 작품이 마무리됩니다.

풍년이든 흉년이든, 감귤 수확 철은 새들의 추수기와도 겹칩니다. 새들은 당도 높은 열매를 귀신처럼 알아내고는 그 열매부터 쪼아 먹습니다. 그리고 귤을 따는 사람들의 머리 위를 날아다니며 "찌-익, 찌-익!" 소리를 지르고 난리를 피우기도 합니다. 그 귤밭이 자기들 영역이며, 그 영역 안에서 생산되는 귤도 자기들 몫이라고 주장하는 것입니다. 그 요란한 새소리를 김은희 농부시인은 새들이 해거리 방지를 못했다고 비웃는 걸로 듣고 있습니다. 이처럼 귤꽃 피는 오월에 들어 "꽃 필 가지에도 기다리던 꽃이 없"다는 영농일지가 체험의 세세함을 그려내고 있습니다.

그리고 가장 최근에 쓴 듯한 영농일지도 있습니다. 제주시 애월읍 납읍리, 시인은 친정 마을 올레길 돌담에 형제처럼 기대서서 비를 맞는 깻단들을 보았던 것 같습니다. 그 곁에는 오래된 경운기, 사람으로 치면 팔십 대는 족히 됐을 법한 낡은 경운기도 시간당 삼십 밀리의 물 폭탄을 맞고 있었던 것 같습니다. 그걸 보는 농부의 딸이 담담히 썼음 직한 이 시조의 마지막 연 "젖을 만큼 젖었는데 우산 써선 무엇 하리/ 견딜 만큼 견뎠는데 두말해선 무엇 하리"이 체념 섞인 표현에서 우리가 사는 이 시대를 읽을 수 있었습니다.

> 친정 길 돌담 벽에 형제처럼 기대서서
> 가을장마 한창에도 비옷 없이 비를 맞는
> 초가을 참깻단들이 그냥 젖고 있었어
>
> 엎친 데 덮쳐 오는 14호 '찬투' 태풍
> 시간당 삼십 밀리 물 폭탄도 아랑곳없이
> 팔십 대 경운기 한 대도 함께 젖고 있었어
>
> 젖을 만큼 젖었는데 우산 써선 무엇 하리
> 견딜 만큼 견뎠는데 두말해선 무엇 하리
> 푹 젖은 깻단을 보며, 깊이 생각 않기로 했어
> ─「깊이 생각 않기로 했어」 전문

그냥, 아무 생각 없이 쓴 것 같으면서도, 이 작품에서는 일반 독자들의 상식적인 범주를 뛰어넘는 반어적 기법을 쓰고 있습니다. 가을장마가 유난했던 올해에 엎친 데 덮친 14호 태풍 '찬투'를 겪던 날 쓴 작품 같습니다.

이 태풍을 몸으로 체험하면서 시인은 우리를 생각하게 하는 무채색 수묵화 한 편을 그려내고 있습니다. '친정 길 돌담에 형제처럼 기대어 비를 맞는 깻단', 늙을 만큼 늙은 "팔십 대 경운기 한 대", 그리고 "시간당 삼십 밀리 물 폭탄" 등의 현장에서 결국은 "푹 젖은 깻단을 보며, 깊이 생각 않기로 했어"라는 이 시 한 줄을 우리에게 던지고 있습니다.

오래전 B. S. 오쇼 라즈니쉬의 『과녁』이라는 책에서 읽었던 우화 한 편을 떠올려 봅니다. 욕심 많은 들쥐가, 모아둔 식량이 충분했음에도 추운 겨울 굶주림에 지쳐가는 파랑새를 외면해 결국 파랑새가 죽고 나자 그가 들려주던 노랫소리를 그리워하다 자신마저 쇠약해져 죽고 말았다는 이야기입니다.

현대인이라고 자처하는 요즘 사람들은 들쥐의 삶의 철학만을 지나치게 숭상하고 있는 것 같습니다. 그래서 좋은 것과 나쁜 것, 옳은 일과 그른 일, 가야 할 길과 가지 말아야 할 길을 가리지 않고 그저 곳간을 채우고 재산을 쌓는 데만 혈안이 돼 있는 듯합니다. 악착같이 벌어서 남보다 많이 갖는 것이 승리이고 영광이라는 의식구조 때문에 삶은 갈수록 치열한 아귀다툼의 양상을 띠게 되고 인간관계는 그만큼 냉혹해져 가는 현실이야말로 이 초보 시인에게는 14호 태풍 '찬투'보다 더 아프게 다가오는 것 같습니다.

생각이 여기까지 미쳤을 때, "푹 젖은 깻단을 보며" 체념 섞인 한마디 "깊이 생각 않기로 했어", 이 시집 표제가 '깊이 생각 않기로 했어'인 걸 보면 일찍이 독문학을 전공했다는 시인의 인식의 깊이가 가늠되고도 남습니다.

풀꽃들에게도 투표권을

지방자치제 시대가 열리면서 '풀뿌리민주주의'란 말이 도시에서나 농어촌에서나 아주 친숙한 우리들의 관용어가 되었습니다. 흔히들 민심이 천심이라 합니다. 농촌에 살다 보면, 아니 농사라는 업종에는 그다지 많은 말이 필요하지 않습니다. 그래서 이 순진한 김은희 시인이 사전 투표 가는 길에 보도블록 틈에 피어 노랗게 웃음 짓는 민들레로부터 "이봐요, 시인님! 우리도 이 땅에 이처럼 뿌리를 내리고 사는데, 왜 우리에겐 투표권이 없어요?"라는 질문을 받았던 것 같습니다.

민심이 천심이란다,
사전 투표 가는 길에

여기저기 꽃들조차
우릴 닮은 꽃들조차

저마다 이 하늘 아래
투표권을 달란다
 -「들꽃들의 투표권」부분

  시인만이 들을 수 있는 자연의 언어를 우리말로 받아쓴 시가
우리의 발길을 멈춰 세웁니다.
  "여기 저기 꽃들조차/ 우릴 닮은 꽃들조차// 저마다 이 하늘
아래/ 투표권을 달란다"라며 사람 이외의 모든 동식물까지도
나라 사랑의 혜택을 나누려는……, 적어도 시 속에서만큼은 또
렷또렷 제 목소리를 내고 있는 시인의 심성을 읽습니다.

긴 겨울 촛불 밝혀
민주주의 외치던 손

광장에 봄이 오고
내 뜨락에 봄이 와서

하얗게 목련 가지에

조각달도 와 있다

　-「서 있는 것들 1 - 목련」부분

　진실의 비밀 금고, 내면 풍경의 상형문자, 인류 문명의 위대
한 고전 등등, 글을 쓰고자 한다면 먼저 자연 읽기부터 시작해
야 한다는 걸 김은희 시인은 알고 있습니다. 하늘 아래 땅 위에
존재하는 모든 것들에 바짝 다가가서 하늘의 소리, 땅의 소리
를 전해 듣습니다. 이 과정에서 책에서는 도저히 찾아볼 수 없
는 내용들, 즉 농사를 통한 자연과의 개인적 교류로 시력과 어
휘력 그리고 상상력을 키워나가고 있습니다.

　나무는 '나무'라고 말하는 이 순간에도 끊임없이 성장을 계
속하고 있습니다. 강을 '강'이라 말하는 순간에도 강은 끊임없
이 움직이고 있습니다. 만물은 그 본질이 객관적인 사물 즉 명
사로서 정지돼 있는 것이 아니라, 그 진행 과정(동사)들로 이루
어져 있음을 이 「서 있는 것들 1」이라는 작품을 통해서 우리에
게 확인시켜 주고 있는 것 같습니다. 겨울이라는 암울함 속에
서도 촛불 켜 들었던 광장에 봄이 오듯이, 사람만이 아니라, 이
땅에 존재하는 풀뿌리 하나도 사람들 마음과 같다는 것을 말해
주고 있습니다.

　칠팔 년 투병에도

얼굴색이 환하시던 시누

아픔도 웃음으로
하늘에게 답하시던

아파트 팔 층 창문에
달이 와서
웃어요
　－「넓을 홍洪 - 큰시누」 전문

　천자문 일곱 번째 글자 '넓을 홍洪'에서 칠팔 년 투병하다 하
늘로 오른 큰시누를 떠올리고 있습니다. 평소 얼굴에 밝은 색
을 잃지 않고 "아픔도 웃음으로/ 하늘에게 답하시던" 모습에서
넉넉한 큰시누의 인품을 느낍니다. 아파트 팔 층 창을 비추는
달을 보며 큰시누를 그리워하고 있습니다.
　우리 삶의 과정은 딸과 아들, 처녀 총각, 아내와 남편, 엄마와
아빠 그리고 할머니 할아버지의 순위로 매길 수 있습니다. 대
체적으로 김 시인의 연령대로 봐서 4단계인 엄마 위치에서 썼
던 것 같습니다. 가장 많은 일들을 겪게 되는 것이 엄마 아빠 단
계인 사오십 대라 할 수 있듯이 작품 전편에 울긋불긋한 일상
의 애환들이 녹아들어 있습니다.

딸은 어머니의 과거 모습이고, 어머니는 딸의 미래를 비추는 거울입니다. 그래서 이 땅에서 시를 쓴다는 그 누구에게도 사모곡 한 편씩은 있기 마련입니다.

애월읍 납읍리 마을 중심에 오래된 가게가 있습니다. 바로 김은희 시인이 나고 자란 중앙슈퍼랍니다. 그리고 그의 어머니가 아직도 그 가게에서 팔순을 보내고 계십니다.

납읍리 중앙슈퍼 오십 년 지킨 자리
팔순 넘긴 어머니 그 자리 앉아 계셔
겨우내 택배 보내며 다릴 펴지 못하셔

택배 용지 가득 담아 찾아온 손님들
캔 커피 건네며 감사 인사 전하시곤
주름진 미소 지으며 귤 상자를 세신다

아픈 다리 감싸 안고 두 손으로 주무르며
치매앓이 안 하려고 이 장사 하신다던
십일월 노란 털머위, 어머니가 웃으셔
 −「노랗게 털머위꽃이」 전문

「노랗게 털머위꽃이」라는 작품은 달리 설명할 필요조차 없이 있는 그대로 그려, 그 가게 입구에서 미소 지으며 귤 택배를 보내시는 노모를 '노랗게 웃는 털머위꽃'으로 앉혀놓고 있습니다. "아픈 다리 감싸 안고 두 손으로 주무르"시는 팔순 어머니를 작품 속에 모시고 있습니다.

요즘 나이 팔순이라시면 제주 현대사의 중심에서 참으로 아픔을 많이 체험하신 연세이십니다. 같은 여성이면서도 '여성'과 '어머니'는 인간으로서의 존재 의미가 많이 다릅니다. 인간으로서 가장 강력한 힘을 발휘할 수 있는 이름이 바로 모성애입니다. 밭에서든 바다에서든 해방 직후 제주도 사람들의 삶의 목적은 한마디로 가족들 목숨 부지가 전부였습니다. 가족들 목숨 부지가 전부인 당시의 어머니는 세상 어디에서도 그 희생적 모성을 견줄 데가 없을 겁니다.

이제 그 어머니의 딸이 다시 어머니가 되어, 아픈 막내아들의 건강을 위해 정성과 기도의 나날을 보내왔습니다. 마침내 막내아들 중완이 가슴에 파도가 와서 일렁이고 있습니다. 그 기적의 울렁임이 엄마의 가슴에 "활짝 핀 중완이 가슴, 내 가슴에 울렁여"라는 한 편의 시조 끝 수 종장에 출렁이면서 읽는 이의 눈시울에 기쁨의 눈물을 자아내고 있습니다.

　　맛있게 볶아내는 바닷바람 타고 와서
　　아침상 아이 밥에 송송 썰어 얹어주고

삼월 초 아이 가방에 푸른 내음 담는 바다

설렘 반씩 기쁨 반씩 친구끼리 나누고서
새 친구 이름표에 제 이름 써놓는
삼학년 중완이 가방에 출렁이는 저 바다

철썩 솨~ 철썩 솨~ 철썩 솨~ 철썩 솨
이야기보따리에 저문 줄도 모르고서
활짝 핀 중완이 가슴, 내 가슴에 울렁여
　－「천자문 시조 바다 海(해) - 중완이의 바다」전문

　매화, 산수유, 벗나무, 탱자나무 등은 싹보다 먼저 꽃을 내보입니다. 평소 말이 없으면서도 아주 차분한 무언의 화법을 구사하는 김은희 시인이지만, 한편으로는 또렷또렷 제 감정 표현에 망설임이 없는 경우를 봅니다. "싹도 나기 전에 꽃부터 피운다는" 사랑법을 목련에게서 배운 것만 봐도 그렇습니다.

　주로 텃밭일기나 영농일지 같은 작품들을 써오던 김은희 시인이 이번엔 이십 년 전 순수했던 러브 스토리를 슬쩍 꺼내 보이고 있습니다. 그때 꽃 한 송이 들고 성큼 찾아온 키다리 사내를 만났던 것처럼, 창 앞에 다가와 미소 짓던 모습처럼 작품 행간에 환하게 목련꽃 한 송이를 피워 올립니다.

이 봄날 목련 앞에서 반전을 꿈꾸는 나

싹도 나기 전에 꽃부터 피운다는

성급한 나의 사랑이 내 앞길을 조를 때

훌쩍 큰 한 사내가 꽃 한 송이 들고 온 날

촛불로 화답했던 이십 년 전 그 봄날이

딱 하나 순수 빛깔로 내 앞에 와 서 있다
  ―「목련 앞에서」전문

　이처럼 글이란 한 개인이 솔직한 마음가짐으로 돌아보고, 앞에 닥친 갖가지 난관을 극복하려는 의지의 기록이며, 동시에 삶을 추구하는 열정의 표현이라 할 수 있습니다. 그래서 글쓰기란 한 개인 또는 시대가 감당해야 할 아픔과 불행의 크기를 보여주는 기록이면서, 그것을 감당해야 하는 정신의 태도가 되며, 더 나아가 그 시대 사람들이 지향하는 희망의 높이를 가늠하는 근거가 되기도 합니다. "촛불로 화답했던 이십 년 전 그 봄날"처럼.

그 세세한 식물성 낱말들

농사에는 기상氣象, 토양土壤 그리고 품종品種이라는 조건이 따르기 마련입니다. 여성의 몸으로 밭농사, 자식농사, 글농사 등 세 가지 농사를 지으려면 남다른 체력과 정신력이 필요합니다. 거기에 더해 농사 지식 기술 등을 결부시키면서 인간으로서의 승리와 함께 자기 자신의 승리와 일치시켜 나간다는 면에서 그 강인함을 인정하지 않을 수 없습니다. 시대가 바뀌고 분업화라는 현대의 기계적 삶의 톱니바퀴에서 현대인들은 자연과 멀어지고 말았습니다. 그러나 시다운 시를 쓰려면 자연을 잊어서는 안 되며, 아무리 발버둥을 쳐도 자연을 벗어날 수는 없습니다. 자연 속에서 사람은 풀과 나무와 별다른 점이 없답니다.

수요일 아침이면 빗방울도 분주하네
우리 집 추녀 밑에 똑똑 치는 빗방울 소리
저마다 "저요 저요" 하며
댓돌 위로 튕기네

초등학교 가는 길에 꽃들도 우산을 쓴다
양지꽃은 노란 우산 제비꽃은 파란 우산
그 앞에 우리 엄마가
빨간 우산 쓰셨네

하늘이 창가에 와 그림책 읽어주네
우는 아이 웃는 아이 꾸벅꾸벅 조는 아이
담 너머 감자꽃 한 송이
하얀 우산 들었네
　-「비요일 아침」전문

　인사란 어쩌면 대상과 대상 사이의 경계선을 허무는 아름다운 절차가 아닐까 싶습니다. 빗방울 모습 하나하나, 꽃들의 모습 하나하나, 사람의 모습 하나하나가 이 시 속에 들어와 독자들에게 인사를 건네고 있습니다. 빗방울이 댓돌 위에 와서 저마다 "저요 저요" 하며 느낌표를 튕겨 올리는 모습이 비 오는 수요일 아침 독자들도 알은체를 하고 싶도록 그 댓돌 가까이 끌어들이고 있습니다.

　"양지꽃은 노란 우산 제비꽃은 파란 우산", 엄마는 "빨간 우산", 그리고 "하얀 우산"을 쓴 감자꽃으로 산뜻한 색채를 뿌려

놓은 시인은 마침내 "하늘이 창가에 와 그림책 읽어주"는 아주 세세한 필법의 수채화 한 점을 그려놓고 있습니다. 자연이 인간을 닮으려는 것인지, 인간이 자연을 닮으려는 것인지 모르겠습니다.

역설적이지만, '지식인'은 그가 알고 있다고 주장하는 편이며, 이와는 상대적으로 '아는 자'는 그가 알고 있는 것조차도 알고 있다고 하지 않습니다. 그게 바로 농사 체험의 현장에서 몸에 저장된 '앎'의 차이인 것 같습니다. 이처럼 체험을 바탕으로 글 쓰는 사람들은 선입견을 갖고 사물을 바라보지 않습니다. 시인은 아이의 눈, 정직한 눈으로 대상을 봅니다. 그 정직한 눈을 가진 이에게 자연은 정직한 모습을 보여줍니다. 그 정직함이야말로 하늘이 사람에게 요구하는 모습이며, 그것이 바로 빗방울의 모습으로 우리에게 다가와 '그림책을 읽어주는 하늘'을 만나게 해주는 것입니다.

초등학교 오학년 때 시조를 배웠다며
「등대」라는 제주어 시 한 편이 흐르는 날
딸아이 이름 석 자가
반갑고 또 반갑다

"왁왁흔 바당에서 배덜을 지켜주는

혼시흐냥 그니그냥 등댄 촘 버치키여
야칙인 등대두 쉬국 바당물두 줌들국"

"캄캄한 밤 바다에서 뱃길을 지켜주는
언제나 떡하니 등대는 참 힘들겠다
아침엔 등대도 쉬고 파도들도 잠들고"

제주어로 부르는 노랫소리가 들린다
시 한 편이 노래가 되어
나를 쓰다듬는 노래
말하듯 노래하듯이 청솔빛이 감돈다
  –「우리 딸 제주어 노래 –「등대」」 전문

외래어보다 더 어렵다는 제주 사투리는 언제부터인가 '제주
어'라는 고유명사를 달았습니다. 그리고 시인의 따님이 초등
학교 여름방학 특강 시간에 제주 사투리와 시조를 배웠던 것
같습니다. 그때 어린이 김혜영 양이 쓴 「등대」라는 시조가 채
택되어 곡에 붙여져 노래로 불리고 있습니다. 그 CD를 통해 딸
의 제주어 노래를 들으며 어린이보다 더 어린이처럼 좋아했을
것 같은 엄마의 모습을 상상해 봅니다.

최근 시중에 유통되는 모든 농작물에는 상품 기준이 있습니

다. 감귤의 품질에도 열매의 크기가 정해져 있습니다. 감귤 재배 기술에 '엽과비葉果比'라는 전문용어가 있습니다. 열매 하나를 생산하는 데 필요한 이파리의 수를 나타내는 말입니다. 조생종 귤에는 열매 한 개당 사십오 매의 잎이 필요하다고 합니다. 원래 조생종 감귤은 결과습성이 강해서 풍작일 때에는 나무가 감당할 수 없을 만큼의 열매가 맺힙니다.

주인 게으른 탓에
추숫감이 배고픈 가을

여름내 쉬지 못해
미안하구나, 꼬마 열매야

등외품 추수면 어때,
우린 황금빛인걸!
 ―「꼬마 열매」 전문

개나 고양이 가축 등 모든 동물들이 제 주인을 알아보는 것처럼, 논과 밭에서 재배되는 모든 농작물들도 그 주인을 알고 있을지 모릅니다. 싹은 싹대로, 꽃은 꽃대로, 잎은 잎대로 열매는 열매대로 한 그루의 나무 안에도 제각각 주인에 대한 요구가 다릅니다. 이 농부시인은 열매 크기가 작아 상품 가치가 떨어지는 작은 열매들과 나누는 대화로 한 편의 시조를 낳고 있습니다.

쨍쨍 여름 무더위에 열매솎기 작업을 해야 그 크기를 고르게 맞출 수 있습니다. 그런데 이 작품도 아마 풍년인 해에 썼던 것 같습니다. "주인 게으른 탓에/ 추숫감이 배고픈 가을"이라 아쉬워하면서도 "여름내 솎지 못해/ 미안하구나, 꼬마 열매야" 하며 꼬마 열매들을 마치 제 자식처럼 여기면서 미안해하는 농부의 마음이 자연의 일부처럼 느껴집니다.

제주 올레를 걷다 보면 골목 곳곳 울담 건너에 비파나무 한 그루씩 심어져 있는 것을 볼 수 있습니다. 그 나무는 한겨울에 노란색 솜털을 부풀리며 열매를 준비하고 있습니다. 그리고 초여름 단오절 전후해서 노란 열매를 내보입니다.

한겨울 솜털 속에
몽글몽글 꿈을 키우던

비파나무 가지 사이
쉬엄쉬엄 내미는 열매

웃음꽃 노란 얼굴이

내 아이를 닮았다

　　－「비파 열매」 전문

　필자의 경우, 작품을 대할 때 작품 못지않게 작가론을 중시
하는 편입니다. 작품이 그 작가 체험과 사유 그리고 인식의 결
과물임을 감안했을 때, 그 작품이 바로 작가 자신이라 믿습니
다. 자식농사, 밭농사 그리고 시조농사의 삼농주의를 몸소 실
천하는 제주 시인들의 작품을 읽으면서 나를 키우신 어머니의
땀 냄새를 맡습니다.

작품들의 시차 간격

　대부분 그 시인의 첫 시집일 경우, 작품들의 시차 간격이 넓
다는 점을 고려하지 않을 수 없습니다. 십 년 전에 쓴 작품과 며
칠 전에 쓴 작품들이 혼재해 있기 때문입니다. 시조란 곧바로
그 시대의 노래라는 점을 감안할 때, 자칫 읽는 이로 하여금 혼
란을 초래할 수 있을 뿐만 아니라, 작품의 성취 면에서도 들쑥
날쑥한 경우도 없지 않습니다. 그래서 첫 작품집을 엮는 시인
들에게는 지나친 객관적 작품들의 질적 성취도에 기준을 두는
것은 바람직하지 않습니다. 가족들 다 잠든 밤에 홀로 깨어, 낑

낑대면서 하얗게 밤을 새우던 초보 시인들의 그 창백한 손가락의 의미 자체에 더 큰 가치를 부여할 필요가 있습니다. 거기에다 김은희 시인의 경우, 친정과 시댁의 모든 일들은 물론 사랑하는 막내아들까지 돌보는 와중에 이 소중한 영혼의 영농일지를 엮어낼 수 있었던 점에 아낌없는 경의를 표하고 싶은 것이 필자의 마음입니다.

안개비 내리는 날 시 한 편이 내린다
'길'이라는 제목을 달고 나와 함께 길을 가는
빗속의 젖은 길들이 나랑 같이 걷는다

안개비 속에서도 꽃들은 피어났다
시 한 편 꽃 한 송이 나의 뒤로 따라오는
안개 속 젖은 목소리 눈길들이 고맙다

짧은 만남에도 인연의 올은 길다
핸드폰 메뉴판에 또박또박 찍혀 있는
웃음꽃 동국이 엄마 그 눈매가 선하다
  ―「동국이 엄마」전문

"짧은 만남에도 인연의 올은 길다"라는 시 한 줄을 통해 주변의 모든 사물들과의 '만남'의 의미를 소중히 여기라는 자연의 언어를 전해주고 있습니다. 우리가 그냥 평범하게 사물을 바라보고 있으면 그건 단지 '구경'일 뿐입니다. 구경만으로는 제목을 설명하는 이른바 전면 접근 이상이 될 수 없습니다. 예술이란 단순히 그 제목을 설명하는 주관식 모범 답안이 아니라 했을 때, 시란 나 자신은 물론 유형무형으로 존재하는 우주의 모든 것들과의 측면 또는 후면 접근을 통해서 나누는 영적 교감의 결과물이라 할 수 있습니다.

따라서 사람이 그냥 책을 보고 있으면 그것 또한 '독서'에 지나지 않습니다. 더구나 시를 읽다 보면 자칫 산문을 훑어보듯 수박 겉핥기의 종래 독서 습관을 택하는 자신을 발견하기에 이릅니다. 민요에는 민요의 코드가 있고, 트로트에도 트로트의 코드가 있으며 클래식은 클래식의 코드가 있습니다. 산문의 코드로 시를 읽고, 더구나 시의 코드로 시조를 읽노라면 그 내용의 의미 전달에 커다란 차질을 빚고 맙니다. 이와 같은 독서는 기계적인 독서에 그칠 뿐 시조 특유의 맛깔을 놓치고 맙니다. 그래서 시나 시조는 반드시 소리 내어 읽는 것을 권하고 싶습니다. 수필 읽듯 시조를 읽으면 그 질감이 낱말풀이식의 수준에 머물고 맙니다. 묵독默讀하는 시 읽기는 작품 속에 내재하는 특유의 음악성을 놓쳐버리고 맙니다. 시의 목적지가 이성적 논리적 영역이 아닌 감성과 감성의 접점이라는 데서 그렇습니다.

이처럼 모든 감각을 한데 모아 시조를 심호흡하듯 감상하다 보면 그 작품의 질량이 내부 깊숙이 흡수되어 영적인 교감 및 정신적 양식의 일부가 될 뿐만 아니라, 어느새 시조가 그 작품을 읽는 독자의 일부가 되기도 합니다.

창 열고 바라보니 마당 가득 눈이네요
그 마당 비켜서서 겨울 나는 우리 감나무
다 벗은 가지가지에 곱게 곱게 쌓였네요

비로소 눈을 맞고 길이 되는 가지가지
사방팔방 뻗은 가지 사방팔방 뻗는 저 길
하얀 길 하얀 언어가 내게 다가오네요

한여름 개미들이 오르내린 저 가지들
늦가을 잎 다 지우고 까치밥도 다 비우고
요즘은 솜사탕 같은 시가 와서 쌓였네요

눈이 내려 쌓였듯이 하늘 길로 오르는 생각
사방팔방 가지 중에 내가 디딜 상향의 가지
따뜻한 눈 한 송이가 내 안으로 드네요
　－「감나무에 눈」 전문

시집 전체 작품들이 그렇지만, 그중에도 소리 내어 읽기를 권하고 싶은 김 시인의 「감나무에 눈」을 감상하면서 독후감 수준의 해설을 마치도록 하겠습니다.

깊이 생각 않기로 했어

—

초판 1쇄 2021년 12월 20일
지은이 김은희
펴낸이 김영재
펴낸곳 책만드는집

—

주소 서울 마포구 양화로3길 99, 4층 (04022)
전화 3142-1585·6
팩스 336-8908
전자우편 chaekjip@naver.com
출판등록 1994년 1월 13일 제10-927호
ⓒ 김은희, 2021

—

* 이 책은 제주특별자치도와 제주문화예술재단의 2021년도 제주문화예술지원사업
   후원을 받아 발간되었습니다.

Jeju JFAC 제주문화예술재단

—

ISBN 978-89-7944-783-5 (04810)
ISBN 978-89-7944-354-7 (세트)